超好读 给孩子的中国经典（彩绘注音本）
CHAO HAO DU GEI HAIZI DE ZHONGGUO JINGDIAN

广州童年 主编

成语故事

· 哲理篇 ·

手机扫二维码
同步听书

湖南少年儿童出版社
HUNAN JUVENILE & CHILDREN'S PUBLISHING HOUSE

图书在版编目(CIP)数据

成语故事. 哲理篇 / 广州童年主编. —长沙：湖南少年儿童出版社, 2018.4
（超好读：给孩子的中国经典：彩绘注音本）
ISBN 978-7-5562-3587-2

Ⅰ. ①成… Ⅱ. ①广… Ⅲ. ①汉语 – 成语 – 故事 – 少儿读物 Ⅳ. ①H136.31-49

中国版本图书馆CIP数据核字(2017)第299747号

成语故事·哲理篇
CHENGYU GUSHI · ZHELI PIAN

出 版 人：胡　坚　　　策划编辑：谭菁菁
质量总监：阳　梅　　　责任编辑：石　林
封面设计：王雨铭
出版发行：湖南少年儿童出版社
地　　址：湖南省长沙市晚报大道89号　　邮　　编：410016
电　　话：0731-82196340　82196341（销售部）　82196313（总编室）
传　　真：0731-82199308（销售部）　82196330（综合管理部）
常年法律顾问：湖南云桥律师事务所　张晓军律师
印　　刷：湖南关山美印有限公司
开　　本：710×1000　　1/16
印　　张：10.25
版　　次：2018 年4月第1版　　印　　次：2018年4月第1次印刷
定　　价：29.80 元

版权所有　侵权必究

质量服务承诺：若发现缺页、错页、倒装等印装质量问题，可直接向本社调换

目　录

【大公无私】………………………………………… 2

【推己及人】………………………………………… 4

【推心置腹】………………………………………… 6

【杀彘教子】………………………………………… 8

【爱屋及乌】………………………………………… 10

【安步当车】………………………………………… 12

【高朋满座】………………………………………… 14

【鹤立鸡群】………………………………………… 16

【有口皆碑】………………………………………… 18

【负荆请罪】………………………………………… 20

【三顾茅庐】………………………………………… 22

【水滴石穿】………………………………………… 24

【铁杵成针】………………………………………… 26

【投笔从戎】………………………………………… 28

【志在四方】………………………………………… 30

【众志成城】………………………………………… 32

【完璧归赵】………………………………………… 34

【河东狮吼】………………………………………… 36

【狗尾续貂】………………………………………… 38

【汗马功劳】………………………………………… 40

【狐假虎威】…………………………………………… 42

【信口雌黄】…………………………………………… 44

【嫁祸于人】…………………………………………… 46

【舐犊情深】…………………………………………… 48

【东山再起】…………………………………………… 50

【为虎作伥】…………………………………………… 52

【叶公好龙】…………………………………………… 54

【势如破竹】…………………………………………… 56

【老当益壮】…………………………………………… 58

【破釜沉舟】…………………………………………… 60

【四面楚歌】…………………………………………… 62

【杯弓蛇影】…………………………………………… 64

【愚公移山】…………………………………………… 66

【三生有幸】…………………………………………… 68

【不寒而栗】…………………………………………… 70

【寸草春晖】…………………………………………… 72

【道听途说】…………………………………………… 74

【不翼而飞】…………………………………………… 76

【东窗事发】…………………………………………… 78

【瓜田李下】…………………………………………… 80

【沆瀣一气】…………………………………………… 82

【高山流水】…………………………………………… 84

【华而不实】…………………………………………… 86

【黄粱一梦】…………………………………… 88

【指鹿为马】…………………………………… 90

【债台高筑】…………………………………… 92

【班门弄斧】…………………………………… 94

【捉襟见肘】…………………………………… 96

【乘风破浪】…………………………………… 98

【助纣为虐】…………………………………… 100

【嗟来之食】…………………………………… 102

【退避三舍】…………………………………… 104

【乐不思蜀】…………………………………… 106

【狡兔三窟】…………………………………… 108

【两袖清风】…………………………………… 110

【南柯一梦】…………………………………… 112

【余音绕梁】…………………………………… 114

【后来居上】…………………………………… 116

【相煎何急】…………………………………… 118

【乐此不疲】…………………………………… 120

【画地为牢】…………………………………… 122

【死灰复燃】…………………………………… 124

【门可罗雀】…………………………………… 126

【鸠占鹊巢】…………………………………… 128

【车水马龙】…………………………………… 130

【打草惊蛇】…………………………………… 132

【外强中干】…………………………………………… 134

【狼狈为奸】…………………………………………… 136

【雕虫小技】…………………………………………… 138

【画虎类狗】…………………………………………… 140

【望尘莫及】…………………………………………… 142

【夜郎自大】…………………………………………… 144

【自食其果】…………………………………………… 146

【得陇望蜀】…………………………………………… 148

【不识时务】…………………………………………… 150

【口蜜腹剑】…………………………………………… 152

【朝三暮四】…………………………………………… 154

【各自为政】…………………………………………… 156

毛遂本来只是一个无名小卒，可他区区的一席话却能够让楚王为之动容，答应与赵国联手，共同抗秦。毛遂之所以能够"一言九鼎"，只不过是因为他深谙得失存亡之道，只不过是因为他懂得从楚赵两国的共同利益出发，才能够说动楚王并获得支持这个道理……

大公无私

春秋时期，晋平公曾问大夫祁黄羊："南阳缺一个县令，你看叫谁去当好啊？"祁黄羊说："解狐是个不错的人选。"晋平公十分惊讶："解狐不是你的仇人吗？"祁黄羊从容地答道："你只是问我什么人适合当县令，又没有问谁是我的仇人。"后来，晋平公派解狐到南阳当县令，他果然干得很出色。

又有一次,晋平公问祁黄羊说:"现在军中缺少一名武官,你觉得该派谁去合适呢?"祁黄羊照实推荐了自己的儿子祁午。这时晋平公又问:"祁午不是你的儿子吗?"祁黄羊答道:"你只是问我谁合适当武官,并没有规定我的儿子不能当啊!"后来,晋平公任祁午为武官,他也非常尽职尽责。

祁黄羊推荐的这两个人都十分称职,后来孔子这样称赞他:"祁黄羊真是大公无私呀!"

注解:
极其公正,不徇私情。现多指全心全意为人民群众的利益着想,毫无利己之心。

推己及人

春秋时期，有一年的冬天特别寒冷，齐国下了一场大雪，三天三夜都没停。齐景公穿着狐皮袄坐在火炉旁，一边喝热茶，一边透过窗户欣赏美景。他觉得雪景非常壮观，希望雪能再下三天三夜。

正当他这么想的时候，宰相晏子走了进来。齐景公连忙拉着晏子的手让他坐到身边，高兴地说："今年冬天的天气可真是好啊！虽然下了这么大的雪，可我一点都不觉得冷，这里温暖得就像春天一样。"

晏子看了一眼齐景公身上的皮袄，又看了看烧得很旺的炉火，故意问："您真的不感到冷吗？"齐景公点头笑了起来，说道："难道我还骗你不成？"晏子马上又说："我听说古代的贤君都能够推己及人，自己吃饱了，会想到百姓吃饱没有；自己穿暖了，会想到还有多少穷人在受冻；自己舒服了，会想到还有多少劳动者在流汗。您怎么不想想老百姓呢？"

齐景公听完了晏子的这番话，一时间竟不知道说什么好了。

注解：
从切身感受去体会别人的想法。指设身处地地替别人着想。

推心置腹

公元24年,刘秀率领大军围攻铜马农民起义军。经过一番鏖战,铜马军溃败,有好几十万人向刘秀投降了。刘秀把投降的铜马军首领封为"列侯",但这些人对刘秀还是存有戒心,不能完全信任他。为了消除他们的疑虑,刘秀骑上一匹马,只带着两个随从,一个一个营帐地去看望那些投降的将士,和他们聊家常以示关怀。这些将士非常感动,互相

谈论说:"刘秀这个人很诚恳,他对我们推心置腹,我们怎么能不为他卖命呢?"

很快,大家都消除了对刘秀的疑虑,安心做了他的部下。这样一来,刘秀的兵力就变得更雄厚了,这也为他一统天下打下了基础。

注解:

推:交、给。

把赤诚的心交给别人。比喻真心待人。

杀彘教子

春秋时期,鲁国有个人叫曾子,他是孔子的学生。有一天,曾子的妻子要去赶集,儿子又哭又闹,非要跟着她去不可。曾子的妻子被缠得无法出门,于是就随口骗儿子说:"你乖乖一个人在家玩哟,等我回来了就杀猪给你吃!"儿子一听有猪肉吃,马上就不哭了。

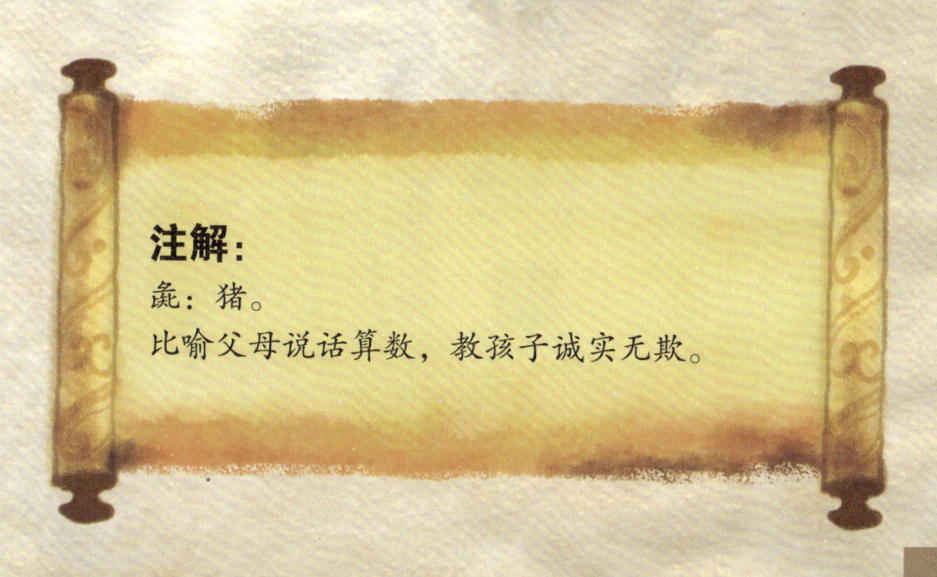

下午，曾子的妻子赶集回来，正好看见曾子在院子里拿着刀，正准备杀猪呢。妻子连忙拦住他说："我刚才只不过是骗骗孩子罢了，你干吗当真呀？"曾子严肃地说："你欺骗孩子，就等于教孩子学骗人哪！"妻子觉得丈夫的话很对，于是就帮忙一起把猪杀了。到了晚上，一家人吃了一顿香喷喷的猪肉大餐。

注解：

彘：猪。

比喻父母说话算数，教孩子诚实无欺。

爱屋及乌

商朝末年，周武王率兵讨伐暴虐无道的商纣王，纣王兵败后就自杀了。

武王不知道该如何处置纣王的部下，姜太公就提议："我听说人们对自己喜欢的人，就连他家房顶上的乌鸦都喜欢；而对自己痛恨的人，就连他家的墙壁都讨厌。我看还是把他们全都杀了吧！"

武王觉得这样太残忍了，于是就去问召公。召公说："杀掉那些有罪的，赦免那些无罪的。"

武王还是觉得不妥，最后就去问周公旦。周公旦说："百姓是无辜的呀！还是让他们各自回家种地吧！"武王不由得赞叹道："多么宽广的胸怀呀，天下从此可以太平了！"

后来，武王听从了周公旦的建议，让纣王的部下都回家去了。

注解：

比喻对某个人的强烈喜爱，以至于对和他有关的人或物都喜爱。

安步当车

战国时期，齐宣王听说颜斶很有学问，便召他进宫，并在大殿上呼喝道："喂，你过来！"

颜斶不但没上前，反而在原地站着不动了。他不卑不亢地对齐宣王说："还是你过来吧！"齐宣王气得脸色都变了。颜斶接着说："我走过去，别人会说我仰慕权势；可是如果大王亲自过来，大家就会赞美你礼贤下士呀！英明的君主一定会懂得尊重他人，因为只有这样才能招揽到贤才来辅佐治国。"

齐宣王觉得很没面子，便假惺惺地笑着说："本王听说你是一个很有学问的人，请留在我这里吧，保证你每天有肉吃，出门有车坐……"

"对不起，"颜斶打断了齐宣王的话，"我已经习惯了平静的乡野生活。要是让我做官，我就会失去原来纯挚的内心。我宁愿走路也不愿坐什么车……"

说完，他就告辞回乡了。

注解：
安：不慌不忙。安步：缓缓步行。
慢慢地走，就和坐车一样。

高朋满座

王勃是"初唐四杰"之一,他从小便非常聪慧,六岁时就会作诗了。他写的文章文采飞扬、词藻华丽,被当时的民众竞相传诵。

有一年,王勃去看望被贬在交趾的父亲,在路过江西洪州的时候,顺路拜访了洪州都督阎伯屿。正好这一天,阎伯屿在滕王阁大宴宾客,王勃欣然前往。

阎伯屿有一个略有才学的外甥,他正是想借此机会给外甥出出风头,让文人学士注意到外甥的才华。当宴会将近尾声的时候,阎伯屿就叫外甥以当

日的情形写一篇文章,然后又客气地请有兴趣的来宾也执笔写一写。

王勃不知阎伯屿的本意,兴致勃勃地提起笔,一挥而就作了一篇序。这篇序让所有的人赞叹不已,里面就有"千里逢迎,高朋满座"这句话。大家对王勃的才华敬佩万分,至于阎伯屿的外甥,早就被人忘到九霄云外了。

注解:

高:高贵。
形容来宾很多,高贵的宾客坐满了席位。

鹤立鸡群

晋朝的时候，有一个名叫嵇绍的人，他身材高大魁梧、气宇轩昂，在晋惠帝手下当官。

有一次，都城发生了叛乱，场面一片混乱，嵇绍也在其中。敌军的一位士兵发现了仪表出众的嵇绍，便准备拉弓射杀他，不料正巧被敌军中一个叫萧隆的侍卫官看见了。萧隆见嵇绍如此仪表堂堂，就连忙阻止了那个士兵。

不久，成都王起兵叛乱，嵇绍便跟随晋惠帝到汤阴去讨伐叛军，可最后失败了。在溃逃的时候，晋惠帝手下的将士死伤了大半，剩下的都纷纷逃命而去。嵇绍毫无畏惧，依然忠心耿耿地保护着晋惠帝，为晋惠帝挡箭。不幸的是，嵇绍中箭身亡了，他的血溅到了晋惠帝的衣服上。后来，晋惠帝还特意把这件衣服珍藏了起来，舍不得把嵇绍的血洗掉。

曾有人这样评价："嵇绍站在人群里，他那英俊不凡的气质和外表，就像是一只仙鹤立在鸡群里一样！他死得真是可惜呀！"

注解：
比喻某人的外表或才华出类拔萃，胜人一筹。

有口皆碑

刘鹗是我国文学史上一位著名的小说家。在他的著作《老残游记》里，有一天，主角老残到济南游玩。那晚，老残正要去投宿，忽然有个人问他："先生，您会诊治喉咙的疾病吗？"老残点点头说，略微会一些。于是那个人就把他请到家里去了。

原来，这个人的老婆喉咙痛得厉害，已经有三天说不出话来了。老残耐心地给她把了脉，并开了几服药。第二天，这个女人就可以开口说话了，第四天病

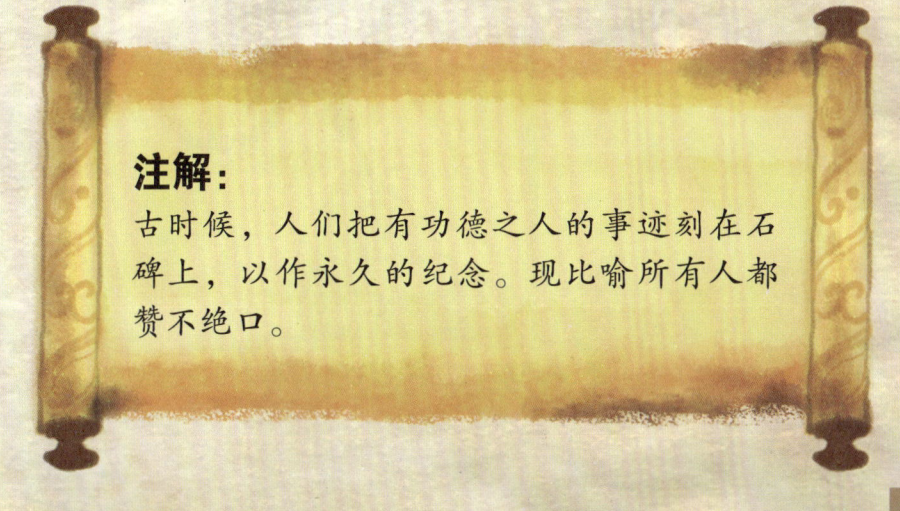

就全好了，唱歌唱得比百灵鸟还动听。她的丈夫高兴得不得了，马上在全城最好的酒楼里置办了酒席，请老残吃饭以示感谢。

在吃饭的时候，老残恰好听见有人夸奖山东巡抚庄宫保的政绩很好，百姓们都很满意。后来，当老残有幸见了庄宫保，便当面称赞他说："您的政绩如此突出，真是有口皆碑呀……"

注解：古时候，人们把有功德之人的事迹刻在石碑上，以作永久的纪念。现比喻所有人都赞不绝口。

负荆请罪

战国时期,蔺相如被任命为赵国的上卿,地位比名将廉颇还高。廉颇很不服气,扬言要当众侮辱蔺相如,但蔺相如不但不生气,还处处回避他。

一天,蔺相如乘车外出,迎面遇见了廉颇的马车,他马上吩咐车夫调转车头避开了。蔺相如手下的人很不理解,蔺相如便解释说:"强秦不敢攻赵,是因为有廉颇和我。如果我和廉颇不和,敌人就会乘虚而入呀!"

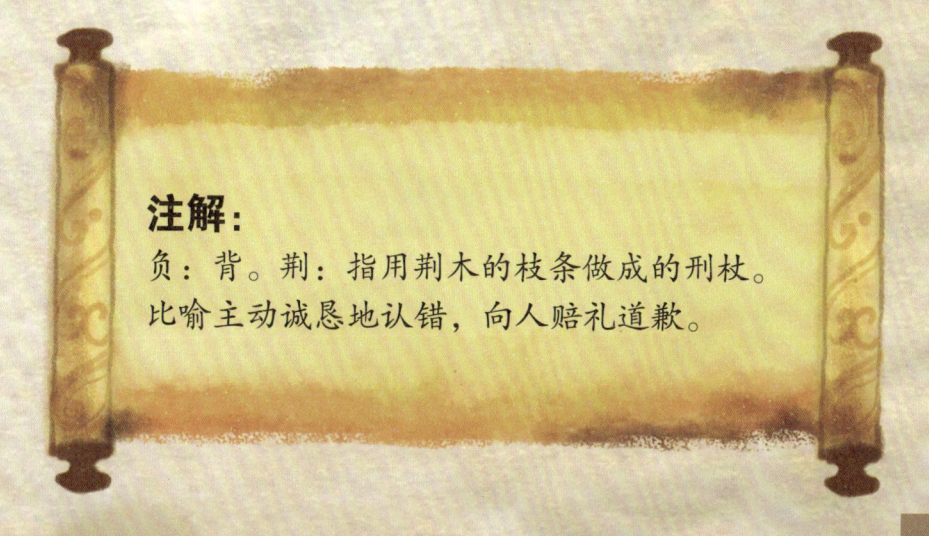

不久,蔺相如的这番话传到了廉颇耳中,廉颇既感动又惭愧。于是那天,廉颇光着上身、背着荆条来到蔺相如府上请罪。蔺相如赶紧把廉颇扶起来,把他身上的荆条统统拿走,还拉着他的手请他坐下。从此,廉颇和蔺相如就成了生死与共的好朋友,他们团结一致,共同为国出力。

注解:

负:背。荆:指用荆木的枝条做成的刑杖。
比喻主动诚恳地认错,向人赔礼道歉。

三顾茅庐

东汉末年，刘备非常敬慕诸葛亮的才华，他在关羽、张飞的陪同下，亲自去隆中拜访诸葛亮。而不巧的是，诸葛亮刚好出门了，他的仆人让刘备一行人留下姓名，过一段时间再来拜访。

第二次，刘备又碰了钉子，诸葛亮的弟弟告诉他："家兄刚刚出门，三五天内不一定回来。"

第三次，刘备终于见到了诸葛亮，并对诸葛

成语故事·哲理篇

亮对天下大势的精辟分析大为叹服。另一方面，诸葛亮也被刘备"三顾茅庐"的诚意所感动，便答应做刘备的军师，跟着刘备离开了隆中。

后来，刘备依循诸葛亮的策略建立了蜀国，形成了与东吴、曹魏三国鼎立的局面。

注解：

顾：拜访。　　茅庐：草屋。
三次到草屋中来拜访。比喻访贤求才或向人求助的迫切愿望或心情。

水滴石穿

宋朝时,张乖崖担任崇阳县令。当时,朝廷里经常出现军卒侮辱将帅、小吏冒犯长官的现象。张乖崖决心要找机会惩治这种恶行。

一天,张乖崖巡行在衙门周围,他看见一个小吏从府库中慌慌张张地走了出来。张乖崖十分纳闷,便喊住小吏,只见他的头巾下面藏着一文钱。小

吏支吾了半天，才承认钱是从府库中偷出来的。张乖崖生气极了，命人将小吏押回大堂拷打。谁知小吏却怒气冲冲地狡辩说："一文钱有什么了不起呀？你能打我，但不能杀我！"张乖崖大怒，提起朱笔判道："一日一钱，千日千钱。绳锯木断，水滴石穿！"然后当场就挥剑斩了小吏。

注解：
原比喻如果不改正小错误，发展下去就会变成大错。现在也用来比喻只要坚持不懈，看上去很难的事情也能办到。

铁杵成针

李白是唐朝时的大诗人,他从小便很聪明,但却很贪玩,不喜欢学习。

有一次,小李白把书本一扔,跑到学堂外面玩耍去了。在一座小茅屋前,小李白看见一位老婆婆正在石头上磨一根大铁杵,便好奇地问:"老婆婆,您磨铁杵做什么啊?"老婆婆说:"我要把它磨成绣花针。"小李白大吃一惊，又问道："这么粗的铁杵，能磨成绣花针吗？"老婆婆笑着拍了拍他的头说："孩子，你要记住，'只要功夫深，铁杵磨成针'哪！"

小李白仔细琢磨了老婆婆的这句话，感到自己不好好读书实在是太不应该了。于是，他红着脸，赶紧跑回学堂念书去了。

后来，李白一直以这句话勉励自己。他刻苦学习，终于成为我国历史上最有名的大诗人。

注解：
比喻只要不断努力、持之以恒，就一定能够心想事成。

投笔从戎

东汉时期,年轻的班超受官府的雇用,专职做抄写的工作。时间一久,班超就对这种庸庸碌碌的生活很不满,心里非常烦闷。

有一天,班超终于忍不住把笔扔在了地上,感慨地说:"大丈夫应当像傅介子、张骞那样为国立功,怎么能整天在笔砚间混日子呢?"周围的人听了都讥笑他,班超却激动地说道:

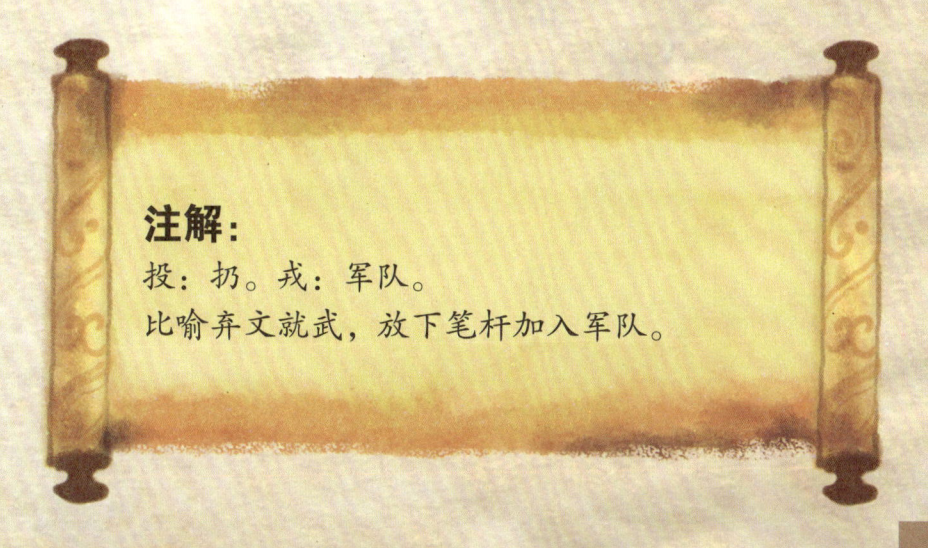

"胸无大志的人是理解不了壮士的苦闷的!"

公元73年,班超毅然投笔从戎,随大将窦固出征。他英勇善战,多次在和匈奴的战斗中立下战功。班超用尽毕生的精力为汉王朝开发西域,西域的几十个国家能与汉朝长期友好相处,班超起了重要的作用。

注解:

投:扔。戎:军队。
比喻弃文就武,放下笔杆加入军队。

志在四方

战国时期，鲁国的子高到赵国游览，他和平原君的门客邹文、季节成为了朋友，彼此相处得十分好。

不久，子高要回鲁国了，邹文、季节特意来给子高送行，一连送了三天还舍不得离开。临分手时，邹文、季节都哭得十分伤心，而子高只是拱手作揖，转身就登车赶路去了。

在路上，子高的门徒不解地问道："他们哭得那么伤心，而您只是作揖告辞，这样不是

太不够朋友了吗?"子高只是很平淡地回答说:"他们也太婆婆妈妈了!大丈夫应当有四方之志,怎么能在意那么多聚散,拘泥在一个小地方呢?"

注解:

四方:天下。

形容目光远大,有远大的抱负和理想,不留恋某一个地方。

众志成城

周朝末年，周景王为了聚敛天下财富，下令废除了当时通用的一种小钱，重新铸造一种大钱。这种近乎掠夺的手段令老百姓大受损失。

过了几年，周景王又下令把全国的铜收集起来，准备铸造两组大钟。单穆公劝阻他说："大王，您这样劳民伤财铸造出来的钟，声音会不和

谐的！"可周景王根本听不进去，执意要铸钟。

当大钟铸好后，周景王下令司乐官州鸠去敲击。

州鸠深知铸造这大钟给百姓们带来了苦难，便说："这钟声不和谐呀，大王！您为了铸钟而劳民伤财，人们都在怨恨您呢！俗话说，'众志成城，众口铄金'，大家万众一心，什么事情都能办好；如果大家都反对，即便是金子，也会在大家嘴里销熔啊！"

注解：形容大家齐心协力，就像坚固的城堡一样不可摧毁。现在常用来比喻万众一心，做事情就一定会成功。

完璧归赵

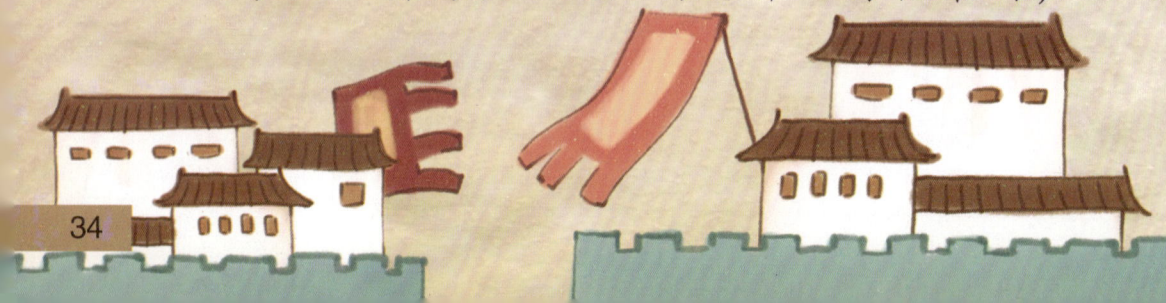

战国的时候,秦昭王听说赵惠文王有一块名为"和氏璧"的旷世宝玉,便派人去和赵王说,秦国愿以十五座城池来换这块宝玉。

赵国上下为此议论纷纷,大家都知道秦王根本不是真心想用城池来换宝玉,而是想把宝玉占为己有,可是不把宝玉送过去,秦王就会派兵来犯,赵王为难极了。

后来,一位叫蔺相如的人自愿捧玉前往秦国,

34

成语故事·哲理篇

并答应赵王会将宝玉完好无缺地送回赵国。

当蔺相如向秦王献上宝玉后，秦王只顾着和大臣们传看，绝口不提交换城池之事。蔺相如便借口说要指出玉上的小瑕疵给秦王看，一把夺回了玉。他愤怒地说："大王如果没有诚心用城池交换，我就和宝玉一起在柱子上撞个粉碎！"

果然不出所料，秦王根本就不想拿城池来交换宝玉，蔺相如便派随从暗中把宝玉先送回了赵国，从而履行了自己当日的诺言。

注解：

完：完整、完好。璧：玉器。
形容把物品完好地归还原主。

河东狮吼

宋朝的时候，有一位翩翩才子名叫陈季常，他的文笔极佳，又颇得佛法要领，在当时很有名气。

季常的妻子柳氏是一个十里八方鼎鼎有名的悍妇，她一发起火来就连男人都要怕三分。不用说，季常是最怕她的人，只要柳氏一发火，季常吓得连大气都不敢出，他遭妻子打骂简直就是家常便饭。柳氏从来都不会给季常留面子，即使有客人来，她也会戳着季常的鼻子大骂，而季常则低着头，一声也不敢吭。季常经常被朋友们取笑，可他毫不介意，因为他实在很爱自己的妻子。

有一天晚上，苏东坡去看望季常，他刚走到院子外面就听见了柳氏尖锐的骂声，于是他笑了笑就转身回家去了。第二天，苏东坡作了一首诗送给季常，诗中写道："谁似龙丘居士贤，谈空说法夜不眠。忽闻河东狮子吼，拄杖落手心茫然。"

注解：
河东：古代的郡名。
形容妇人凶悍发怒的样子。

狗尾续貂

晋朝时候,年幼的晋惠帝登基执政。赵王司马伦暗中打起了皇位的主意,他想凭借自己是相国的优势,独揽朝中大权。

司马伦明目张胆地大肆培养党羽,就连自己家里的奴仆杂役都纷纷加爵封官,真是嚣张极了。

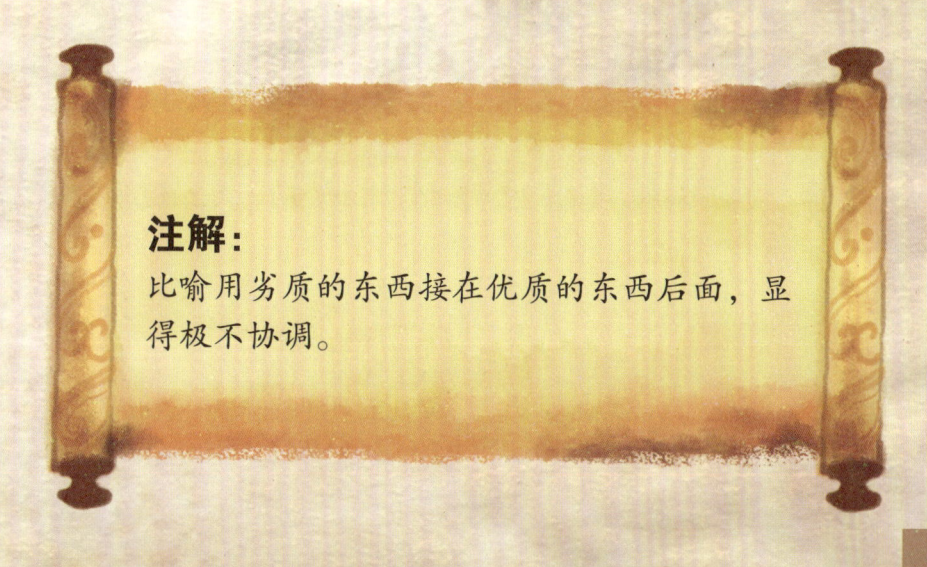

在当时，朝中官员的帽子都用珍贵的貂尾来做装饰，以显示尊贵。由于司马伦给什么样的人都封官，以致后来都找不出那么多的貂尾，于是只好用相似的狗尾来代替。这些人虽然担当了重任，却没有相应的品德和能力，他们戴上狗尾帽后，样子更显得滑稽可笑。

后来，有人作了一句谚语来讽刺这个现象："貂不足，狗尾续。"

注解：
比喻用劣质的东西接在优质的东西后面，显得极不协调。

汗马功劳

秦末楚汉相争，以刘邦夺取天下而告终。在论功行赏的时候，刘邦认为萧何的功劳最大，就封他为侯，赐给他很大的权力。

其他的大臣都很不服气，认为萧何只不过是动了动嘴皮子，根本就没有立下过汗马功劳，他的地位凭什么比那些在战场上出生入死、为国家立下赫赫战功的人还要高呢？

刘邦听了大臣们的话后并没有生气，而是微笑着对他们说:"你们知道吗?打猎的时候,追捕猎物的是猎狗,但发现猎物的却是猎人哪!那些将士的功劳就好比是猎狗的功劳,而萧何的功劳则像猎人的功劳一样啊!"

大家一听,都哑口无言了。从此以后,再也没有人敢与萧何争功了。

注解:

汗马:将士们骑的马因为辛劳而出汗。比喻征战的劳苦。指在战场上经过艰苦的战斗而立下功劳。

狐假虎威

从前,森林里有一只凶猛无比的大老虎,它每天都在森林里转悠,四处寻找猎物。

一天,老虎逮到了一只狐狸。这只狐狸非常狡猾,为了不被老虎吃掉,它一本正经地说:"你不能吃掉我!我是天帝派来管你们的,你吃掉我就是违反天帝的命令,会大难临头的。要是不相信,你可以跟

着我到处走走,我敢保证没有一个动物不怕我!"老虎半信半疑,就跟在狐狸的后面看个究竟。果然,所有的动物见到它们都吓得拔腿就跑。狐狸得意地对老虎说:"怎么样,这下你该相信了吧?"

愚蠢的老虎信以为真,就让狐狸大摇大摆地走了。其实它并不知道,动物们根本不是害怕狐狸,而是害怕它呀!

注解:

假:借。
比喻借助他人的势力去威吓别人。

信 口 雌 黄

晋朝的时候，有一个名叫王衍的人，他在晋武帝当政的时候就做了太子舍人，后来又做了尚书郎。王衍非常崇尚老子和庄子的思想，喜欢清谈，做官后还越发痴迷了，整天到处宣扬"无为而治"的学说。由于他的研究非常精辟，再加上学识渊博，因此当时许多文人都很佩服他，甚至以效仿他为荣。

每当他讲解老庄的玄理的时候，他总是拿着一把白玉拂尘，熏香而坐。即使有时讲错了，他也是不慌不忙地随口改正，面容十分平静，于是大家都说他是"信口雌黄"。

雌黄是一种柠檬黄色的矿物，古时候的人写字时用的是黄色的纸，当写错字的时候就会用雌黄涂一涂，接着重写。"信口雌黄"是指可以随口改正错误。

注解：
信：随意、放任。
形容随口说出不负责任的话。

嫁祸于人

战国时期,韩国上党地区的守将冯亭对赵国的孝成王说:"韩国已经守不住上党,眼看就要被并入秦国了。我国的老百姓都恨透了秦国,都希望能归附赵国呢!我恳请大王来接管上党。"

孝成王听后非常高兴,马上征求平阳君赵豹的意见。赵豹说:"大王可千万不要接管上党呀!您想,韩国怎会无缘无故给赵国这么大的好处呢?秦国一直都在打上党的主意,韩国不把上党给秦国却给我们,一定是想把祸害转到我们头上呀!"

可孝成王不相信,还自以为上党的老百姓真的很拥护自己,很快便接管了上党。果然不出赵豹所料,没过多久,秦国就对赵国发动了进攻,赵国惨败。

注解:
嫁:转移。
把祸害转嫁到别人身上。

舐犊情深

汉朝末年，有一位文学家名叫杨修，他在曹操手下当主簿。杨修非常有才学，这一点得到了曹操的儿子曹植的欣赏和肯定，两人成了好朋友，曹植还向他学了很多知识。

曹操每次和曹植谈论政事，曹植都能对答如流，曹操觉得很奇怪，后来才知道是杨修提前为曹植准备好了答案。曹操不由得妒忌起杨修的才华来，后来便找了个借口把他给杀了。

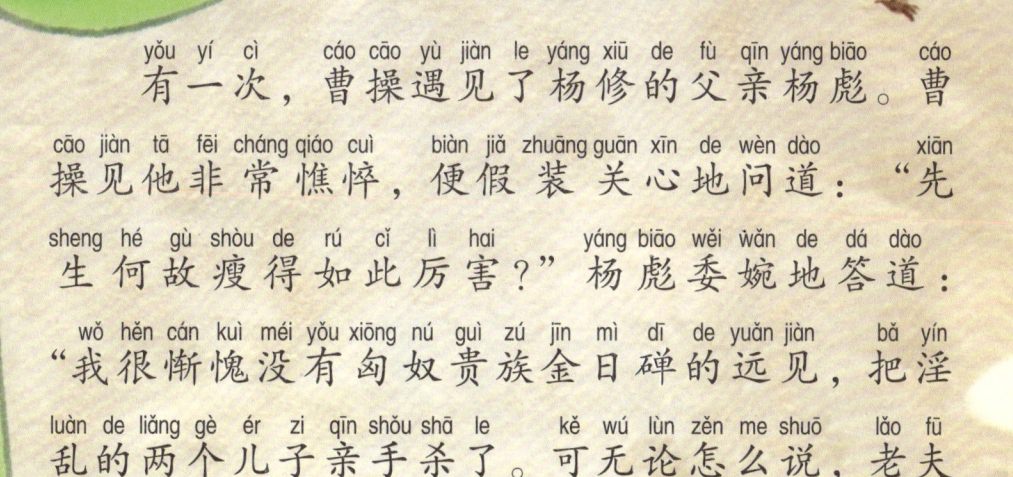

有一次，曹操遇见了杨修的父亲杨彪。曹操见他非常憔悴，便假装关心地问道："先生何故瘦得如此厉害？"杨彪委婉地答道："我很惭愧没有匈奴贵族金日䃅的远见，把淫乱的两个儿子亲手杀了。可无论怎么说，老夫还是有老牛舐小牛的亲子之爱呀！"

注解：

舐：舔。
形容父母疼爱儿女。

东山再起

谢安是东晋时期著名的宰相，他很有才华，可是对做官却没有多大的兴趣。没过多久，谢安便以有病为由辞了官，回到了家乡会稽休息，朝廷三番五次派人请他回去都被他拒绝了。

会稽有一座东山，风景十分秀丽。谢安经常与当时的名士，如王羲之、高阳、许询等人在山上喝酒聊天、吟诗作画，日子过得非常悠闲，谢安的心里也很满足。

成语故事·哲理篇

谢安的弟弟谢万也在朝廷做官，他很受皇上的重用，但名气还是不如谢安大。人们都认为谢安是辅佐君王的人才，纷纷劝他重回仕途，可是谢安仍不为所动。

谁知不久，谢万被罢了官。谢安为了挽回谢家日渐衰落的地位和名声，不得不重回官场。在他重新上任的那一天，许多朝廷命官都前来祝贺，其中有一位官员开玩笑地说："过去你老是违背朝廷旨意，高卧东山不肯出来，今天到底东山再起了！"

注解：
指再度任职，也可比喻失势后重新得势。

为虎作伥

古时候,山林里有许多野兽。传说在最初的时候,有一只饥饿的老虎发现了一个砍柴人,一下子扑上去把砍柴人吃掉了。老虎不但美美地享受了一顿人肉,而且还控制了砍柴人的灵魂,让他去找另一个活人给自己享用,吃完才放走他的灵魂。

于是,这个灵魂迫于无奈,只好领着老虎一个山头一个山头地去找活人。半天过去了,灵魂终于找到了一个活人。他先是迷惑住活人的心智,然后把活人的衣服都脱

成语故事·哲理篇

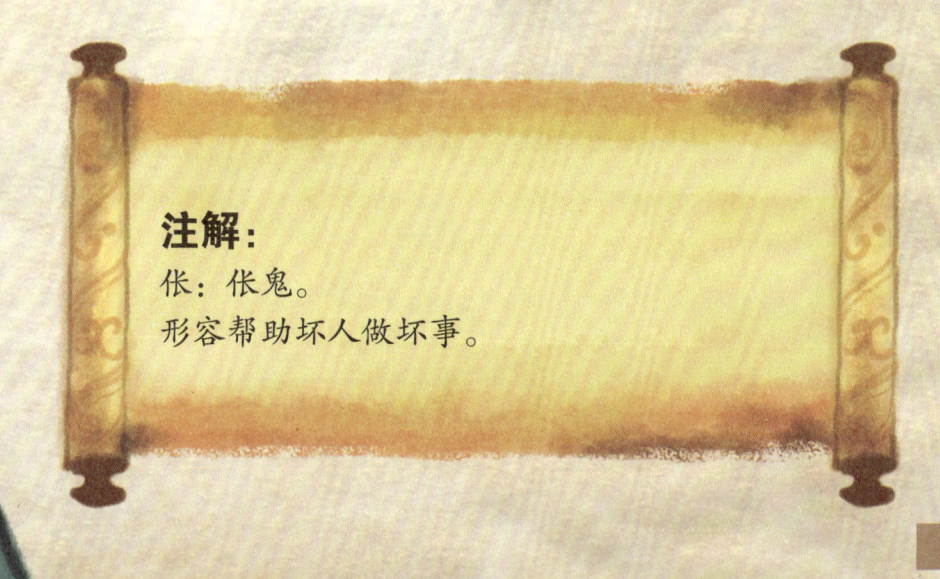

掉，好让老虎痛痛快快地享用……

在古人的观念里，那些被老虎吃掉的人都是被那些帮助老虎的灵魂所害，人们绝不会去怪罪老虎。他们把帮老虎寻觅食物的灵魂叫作"伥鬼"，或者"虎伥"。

注解：

伥：伥鬼。

形容帮助坏人做坏事。

53

叶公好龙

春秋时期,楚国有一位贵族叫叶子高,大家都尊称他为"叶公"。

叶公实在是太喜欢龙啦!他的武器上雕刻着龙,各种生活用具上也画着龙,就连屋子里的墙壁、柱子、门框上都画了龙,而且非常生动逼真。

天上的龙王听说叶公这么喜欢龙,非常高兴,决定亲自拜访叶公。龙王把头伸进叶公家的

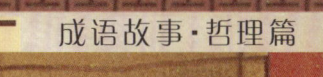

窗户，友好地朝他吐了吐舌头，还故意让长长的尾巴在厅堂里摆来摆去。叶公一看，吓得差点晕倒了。龙王皱了皱眉头，明白了叶公并不是喜欢真龙，他只不过是喜欢外表像龙而实际上并不是龙的东西罢了。龙王长叹一声，飞走了。

注解：

好：爱好，喜爱。

比喻表面上喜爱某一事物，而实际上并不真正喜爱，甚至对其有畏惧的情绪。

势如破竹

三国末年，晋武帝司马炎灭掉了蜀国，准备出兵攻打东吴，实现统一全天下的愿望。

朝中的文武大臣大多认为，吴国还有一定的实力，要一举拿下恐怕不易，不如等有了足够的准备再说。而大将杜预却认为，必须趁目前吴国衰弱就出兵，不然等它恢复了元气就很难取胜了。

公元279年，司马炎调动了二十多万兵马，分成六路，水陆并进准备攻打吴国。晋军一路战鼓齐鸣、战旗飘扬，军队威武雄壮，很快就攻到了吴国的国都——建业。

这时，有人担心长江水势暴涨，于是就建议司马炎暂时收兵，等到冬天再进攻会更有利。杜预却坚决反对退兵，他说："现在我军士气高涨，斗志正旺，击破吴国轻而易举，这就像用快刀劈竹子一样，劈过几节后，竹子就会迎刃破裂了！"果然，晋朝大军在杜预的率领下节节取胜，不久就攻占了建业，灭了吴国。

注解：
形容战斗节节胜利，毫无阻挡。

老当益壮

东汉时期,光武帝刘秀手下有一位名叫马援的大将,他从小便胸怀大志。起初,马援在北方经营畜牧业,短短几年内就拥有了牛羊几千只,粮食几千石。他虽然十分富有,可是对穷人却一点都不吝啬,经常送财物给有需要的人。

马援常这样自励:"大丈夫应当有志气,不要怕穷,越穷志向就要越坚定;不要怕老,越老斗志就要越旺盛。"

后来,马援渐渐对富有的生活感到了厌倦,于是他散尽家财投身到军队里,最后成了一代名将。在他六十二岁高龄的时候,马援还发出了"马革裹尸"的豪言,并亲自率兵南下平定叛乱,为大汉皇室立下了赫赫战功。

注解:
老:老年。当:应该。益:更加。
年老了,志气应当更加宏盛。形容人老了,但干劲依然很大。

破釜沉舟

秦朝末年，秦二世派兵攻打赵国，赵国向楚国求援。楚怀王封宋义为上将军、项羽为副将，让他们马上率领军队前去援助赵国。

宋义害怕强大的秦国，所以到了安阳后就不肯前进了，这一待就是四十六天。项羽忍无可忍，一怒之下就杀了宋义，然后率军队渡过漳河。

渡江后，项羽下令把船只全部凿沉，吩咐将士们只带上三天的干粮，把烧饭用的锅、瓦罐等炊具全部砸碎，连行军的帐篷也一并烧光，以此来表示不打胜仗誓不归国的决心。

成语故事·哲理篇

士兵们看到没有退路了，知道如果打败了就必死无疑，于是每个人都奋勇杀敌。结果，楚军把秦军打得落花流水，成功帮赵国解了围，项羽也因此名声大震。

注解：

釜：古代的炊具，相当于现在的锅。

砸破饭锅、凿沉船只。比喻下定了决心，一干到底。

四面楚歌

从公元前206年起,楚霸王项羽和汉王刘邦展开了一场长达五年的楚汉战争。公元前202年,刘邦把项羽的军队逼到垓下,此时项羽手下的士兵已经很少了,粮食眼看就快没了。

为了瓦解楚军的斗志,刘邦还命令汉军齐声唱起了楚地的歌曲,以使楚军认为汉军已经占尽了楚地。

那天夜里,项羽听见四面响起了楚地的歌声,便自言自语道:"难道汉军已经完全占领楚地了吗?"

成语故事·哲理篇

项羽认为大势已去，便和虞姬在营帐中喝酒。败局已定，人将战死，项羽不由得热泪盈眶，随从们也跟着哭起来。当夜，项羽率领八百多名骑兵拼死突破重围，可还是因寡不敌众失败了。绝望之下，他无颜面对江东父老，于是就在乌江边自刎而死。

注解：
形容四面受敌，处于走投无路的绝境。

杯弓蛇影

晋朝有个名叫乐广的人，他非常善交朋友。有一天，乐广请了一位朋友到家里喝酒，可是喝完酒之后，这位朋友就再也没有和他联系了。

乐广觉得很奇怪，就跑去问个究竟。朋友说："上次在你家喝酒，我发现杯子里有一条小蛇，令人十分恶心。勉强喝下去后，我回到家里就生病了。"

乐广百思不得其解，他回到家后就坐在朋友喝酒的地方埋头苦想。不经意间，他发现墙上挂着一把弓，恍然大悟了。

乐广再次请那位朋友来他家，倒了一杯酒放在朋友的面前。朋友往酒杯里一看，大声叫道："蛇！"乐广马上把墙上的弓取下来，杯中的"蛇"就不见了。

朋友顿时明白过来了，哈哈大笑起来，病也全好了。

注解：
将映在酒杯中的弓影误认为是蛇。比喻疑神疑鬼，妄自惊扰。

愚公移山

从前，有一位名叫愚公的老人，他的家在太行、王屋两座大山的北面，出入很不方便。

有一天，愚公召集全家人说："我们大家齐心协力把这两座山搬走，好不好？"大家都很赞同，马上开始动手挖山，然后把挖出来的泥土和沙石运到渤海边上去。

有一位名叫智叟的老头看见了,就笑话愚公说:"就凭你这把老骨头,别说搬走两座大山了,我看就是移走一棵草木都难哪!真是可笑至极!"愚公却坚定地说:"我死了还有儿子,儿子死了还有孙子,我就不相信我们子子孙孙挖下去,会搬不走这两座大山!"

最后,天帝被愚公坚毅的精神所感动,便把两座大山搬到了其他地方。从此,愚公家门前出现了一条平坦的大路,大家进出都很方便了。

注解:
比喻做事情有恒心,意志坚定不怕困难。

三生有幸

唐朝的时候，有一位名叫圆泽的高僧，他有一个很要好的朋友，名叫李源。

有一天，圆泽和李源结伴去踏青。路过河边的时候，他们看见了一位挺着大肚子的妇人在洗衣服，一副很辛苦的样子。圆泽指着妇人说："她已经怀孕三年了，一直等着我去投胎。虽然我先前一直回避着，但现在看来是命中注定的了。三天后她一定会生下一个婴孩，你到她家看一看，如果那个婴孩对着你笑，那就是我了。"

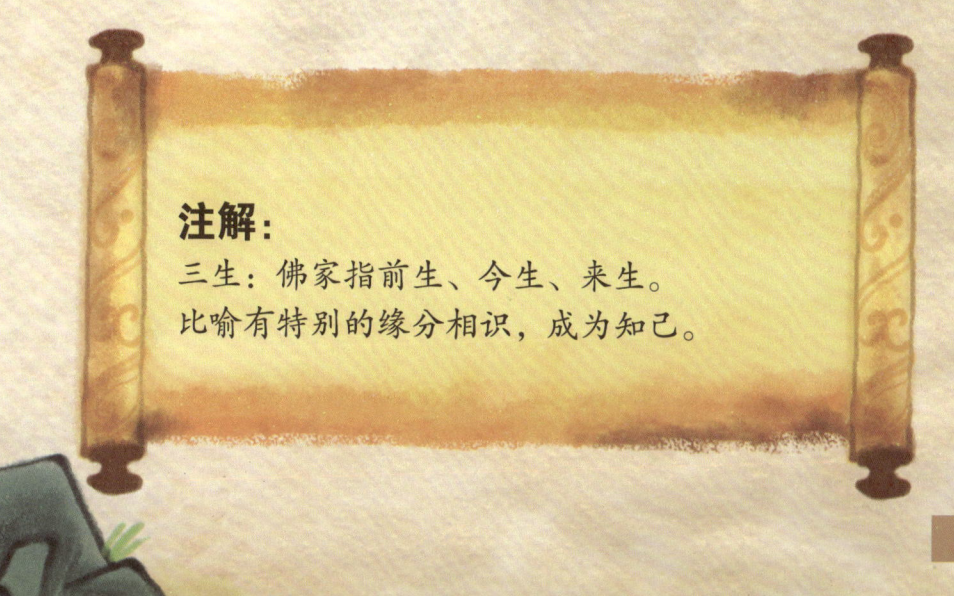

"十三年后的中秋之夜，我会在杭州的天竺寺等你，到时我们再相见吧！"圆泽依依不舍地说。

就在这天夜里，圆泽果然去世了。三天后，李源到那位妇人家里一看，那个婴孩真的对他笑了笑。

到了十三年后的中秋之夜，李源如期到了天竺寺。刚一跨进大门，他就看见一个牧童坐在牛背上，高声唱道："三生石上旧精魂，赏月吟风莫要论；惭愧情人远相访，此身虽异性长存。"

注解：

三生：佛家指前生、今生、来生。
比喻有特别的缘分相识，成为知己。

不寒而栗

汉武帝时,有一个名叫义纵的官吏,他的性情十分残暴,当地的百姓都很害怕他。

义纵在刚刚担任定襄县令的时候,为了显示自己的威风,他做了件非常残忍的事情:千方百计给许多无辜的人定罪,然后杀死他们。这样一来,他就不知冤枉了多少好人。他还曾下令,把关押在监狱中的两百多名犯人不问青红皂白,一律处死。更可怕的是,他又把私自探望过犯人的两百多位家属全抓起来,判处死刑。那一天,他在刑场上杀了四百多人。

成语故事·哲理篇

这个消息传出去之后，当地的老百姓感到极度恐慌，很怕自己什么时候也会大难临头。虽然当时的天气并不寒冷，但百姓们个个都吓得不停地颤抖。

注解：

栗：畏惧，发抖。

天气并不寒冷却在发抖。形容极度恐惧。

寸　草　春　晖

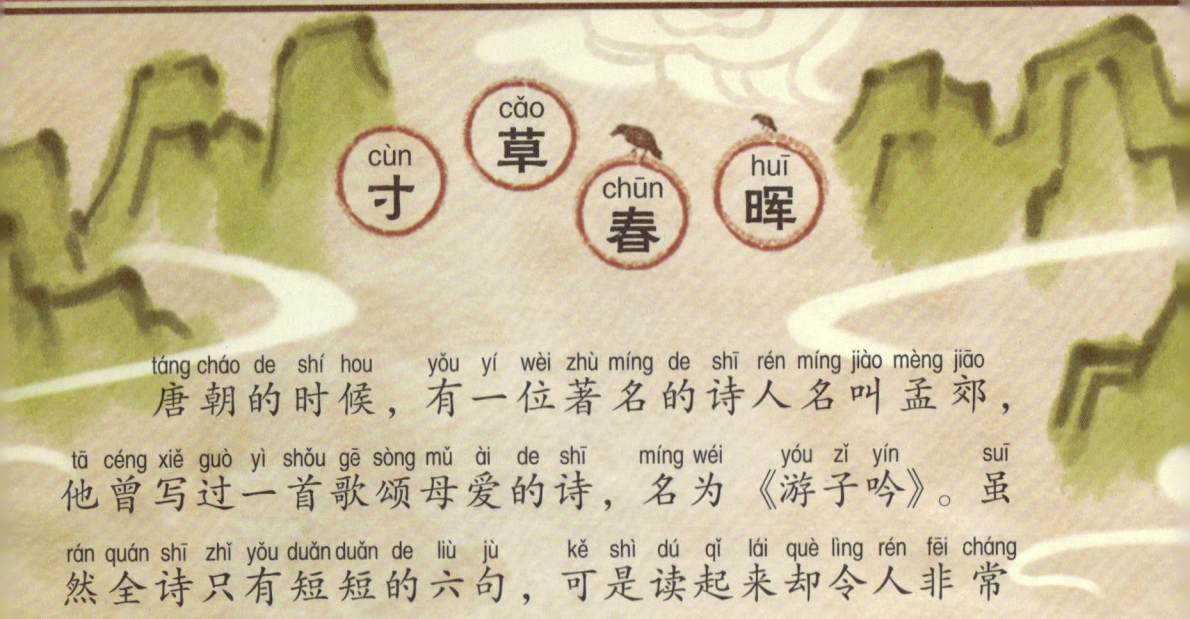

唐朝的时候，有一位著名的诗人名叫孟郊，他曾写过一首歌颂母爱的诗，名为《游子吟》。虽然全诗只有短短的六句，可是读起来却令人非常感动。

这首诗的内容是这样的："慈母手中线，游子身上衣。临行密密缝，意恐迟迟归。谁言

寸草心，报得三春晖。"

诗的大意是："一位慈祥的母亲叮咛即将远行的儿子，他身上的衣裳全是母亲一针一线缝制的。以防时间长了衣服会破损，母亲还特意缝得非常密实。儿子那像小草般稚嫩的心是无法报答母亲那像春天的阳光一样的爱啊！"

这首诗很快就广为传诵，成语"寸草春晖"就是从中而来的。

注解：

寸草：小草，比喻儿女的心力像小草那样微弱。春晖：指春天的阳光，象征母亲的慈爱。比喻父母的恩情深重，难以报答。

道听途说

战国时期,艾子刚从楚国回到齐国,碰巧遇上了"牛皮大王"毛空。

毛空把艾子拉到一边,神秘地说:"你知道吗?有个人家里的鸭子一次下了一百个蛋!"艾子笑着说:"老兄,这有可能吗?我不相信。"毛空赶快改口说:"哎,我记错了,是两只鸭子下了一百个蛋。"艾子仍然不信,毛空就又改口说是三只鸭子,最后一直加到了十只。

毛空又接着说:"上个月,我走在路上,突然从天上掉下了一块三十丈长的肉!"艾子说:"又吹牛了!"毛空急忙辩解说:"那可能是二十丈吧!"之后又说是十丈。

艾子哭笑不得,便问毛空:"你亲眼见过这些鸭子和肉了吗?"毛空摇摇头,支支吾吾地说:"其实我是在路上听其他人说的。"

后来,艾子教育他的学生说:"你们可千万不能像毛空那样'道听途说'呀!"

注解:

道、途:路。

在路上听来的话。比喻听信没有根据的传闻。

不翼而飞

春秋时期,齐桓公打算到东海看海潮,然后再经海路坐船到南方的海滨游玩。

当时,有人讽刺说,齐桓公的这次出游可以跟从前的贤君相比。齐桓公十分不解,就问宰相管仲:"我有什么贤德可以和以前的贤君相比呢?"

管仲回答道:"君王出游一般只有两种情况:一种是去各地视察,关心百姓生活;一

种是为了自己的玩乐享受。而贤君出游定是属第一种。大王，'无翼而飞者，声也！'一国之君说的话，就算没有翅膀也会一下子传到千里之外，因此君主更要谨言慎行啊！"结果，管仲的这一番话，让齐桓公顿悟了。

注解：

没有翅膀却飞走了。形容物品无缘无故地丢失，或消息传播得很快。

东窗事发

秦桧是南宋时期臭名昭著的奸臣，他老奸巨猾、心狠手辣，不知害死了多少忠良。

当时，北方的金兀术趁着南宋衰败，一举进攻中原，民族英雄岳飞率兵对金兵进行了顽强的抵抗。可是，秦桧却不同意抵抗，反而主张议和。他非常憎恨岳飞，总想除掉他。

这天，秦桧夫妇坐在东窗下密谋，夫人王氏提议说："只要给岳飞加个莫须有的罪名，就可以把他除掉了。"于是，秦桧找到岳飞手下一个贪生怕死的部下，让他去诬告岳飞谋反。昏庸的宋高宗信以为真，竟不分青红皂白，把岳飞杀了。

后来，秦桧病死了，王氏请来道士到家里做法事。法事做完后，道士对王氏说："秦桧正在地狱里受苦，他让我告诉你，东窗事发了。"

注解：

在东窗下密谋的事情败露了。后多用来形容事情的败露。

瓜田李下

唐朝的时候,有一天,唐文宗问工部侍郎柳公权:"你可知道最近外面对朝廷有什么议论吗?"柳公权说:"大家对皇上派郭旻去邠县做官这件事议论纷纷,有人赞成有人反对。"

文宗听了非常不高兴,说:"郭旻是尚父的从子、太皇后的季父。他做了这么长时间的官,一直都没有任何过失,派他去邠县做个小官有什么好议论的呢?"

"本来照他对国家的功劳，派他去治理邠县是无可非议的，可问题就在于这件事恰好发生在他给皇上您进献了两个女儿之后。大家会想到这是因为他进献女儿才得到恩宠啊！"柳公权回答说，"俗话说，'在瓜田里不可绑鞋带，在李树下不可整理帽子'。因为这些动作都是会引起怀疑的呀！所以大家这样想也就不奇怪了。"

注解：
比喻容易发生嫌疑的事情或地方。

沆瀣一气

唐朝时,有一个叫崔瀣的人,他一天到晚都想通过考试来捞个一官半职。可是,他偏偏又是一个懒惰透顶的人,从来没有下过功夫认真读书,而是整天游手好闲,参加了好几次考试都考得非常差。

唐僖宗乾符二年,机会终于来了,这一年的主考官是崔沆,正是崔瀣的老师。崔瀣心里乐开了花,心想:这下可不用愁了,老师能不帮我的忙吗?等到了张榜那天,崔沆果然把崔瀣的名字写到了榜上。

那天，看榜的人非常多，那些知道崔瀣和崔沆关系的人就说道："崔瀣不学无术，却是崔沆的门生，他们沆瀣一气，弄虚作假啊！"大家听了都不禁摇头叹息。

后来，有人把这件事告到朝廷去了。朝廷派人查清楚后，就撤了崔沆的官职，同时也取消了崔瀣的录取资格，崔瀣的美梦就泡汤啦！

注解：

沆瀣：夜间的水汽。

比喻彼此气味相投，互相勾结。

高山流水

俞伯牙是春秋时期很有名的琴师,他经常去听山风海涛、鱼鸟虫鸣,琴技变得越来越精妙。

伯牙有一个朋友叫钟子期,他也非常善于听琴,两人经常在一起研究音乐。

一次,伯牙弹了一首表现高山的曲子,子期听了,大声拍起手来:"简直就像巍峨的泰山屹立在眼前!"伯牙接着又弹了一首表现流水的曲子,子期连声称赞道:"浩浩荡荡,如同奔流不息的江河!"

后来，钟子期死了，俞伯牙得知这一噩耗后立即就把琴摔碎了，他悲痛万分地说："知音都不在人世了，我还弹什么琴呢！"果然，从此以后俞伯牙就再也没有弹过琴了。

注解：

原意是比喻知音或知己。现在常用来形容乐曲的美妙精深。

华而不实

春秋时期,晋国有一个名叫阳处父的人,他在社会上颇有一些名气。

一次,阳处父出游各国,途中经过了鲁国的宁城。宁城里有一个叫宁嬴的人,他对阳处父仰慕已久,于是就慕名前来投靠阳处父。可没过几天,宁嬴就离开了阳处父,独自回家去了。

回家后，宁赢这样对妻子解释说："我发现阳处父这个人喜欢夸夸其谈，并不像他自己形容的那样出色，就好比光有美丽的花朵而不结果一样。"

"而且他的性情太过刚烈，容易与人发生冲突，产生怨恨。"宁赢摇摇头，对阳处父十分失望，继续说道，"我担心从他那儿不但学不到任何东西，反而会惹来祸端，所以就离开他回来了。"

注解：
华：开花。　实：结果、果实。
比喻外表好看而内容空泛。也用来形容夸夸其谈、言过其实。

黄粱一梦

唐朝开元年间,卢生进京赶考,傍晚时在一家旅店投宿,在那儿遇见了道士吕翁。

当时,旅店的主人正在煮小米饭,卢生对吕翁说:"大丈夫应当有所作为,可是我却一事无成,唉!"吕翁取出一个枕头递给卢生,笑着说:"你枕着这个枕头睡一觉就会称心如意啦!"卢生半信半疑地接过枕头睡下,不久便进入了梦乡。

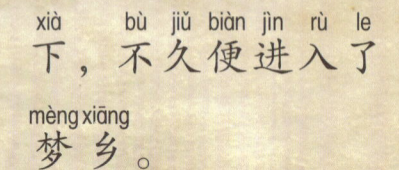

在恍恍惚惚中，卢生梦见自己娶了漂亮的崔家小姐为妻，不久便中了进士，后来还成了当朝的宰相。卢生还梦到自己一直活到八十岁，子孙满堂，享尽了人间的荣华富贵。

就在这时，卢生突然惊醒了。他睁眼一看，发现自己还睡在那间小旅馆里，旁边坐着吕翁。再转头看看，旅店主人的小米饭还没有煮熟呢！原来，这只是一场梦呀！

注解：

黄粱：黄米，即小米。

指在小米饭还没有煮熟的时间里做了一场好梦。比喻虚幻、空想的事情或欲望的破灭。

指鹿为马

公元前210年,秦始皇病逝,宦官赵高假传圣旨扶立胡亥为帝,而他自己则在幕后操纵胡亥,独揽大权。

赵高总想有一天能够光明正大地当上皇帝,于是,他想先试探一下朝中的大臣对他的态度。

一天,赵高牵了一头鹿上朝,他对胡亥说:"敬献千里马一匹给陛下。"胡亥惊奇地说:"这分明是一头鹿,你怎么说是一匹马呢?"赵高并不回答,而

是高声问大臣们："你们说说，这到底是马还是鹿呀？"有的人惧怕赵高，不敢出声；有的人想讨好赵高，就连声说："这就是马。"还有些耿直的大臣坚决地说："这是鹿，不是马！"

后来，赵高就把那些敢说真话的大臣统统都杀害了。

注解：
比喻故意颠倒黑白、混淆是非。

债台高筑

战国时期,周赧王虽然贵为天子,可是却非常懦弱无能,他管辖的地区只有很小的一块,手中并没多大的实权。

当时,强大的秦国到处侵略别的国家,给各国人民带来了不少灾难。周赧王听说魏国的信陵君正在动员各国联合出兵讨伐秦国,心里十分高兴,准备积极响应号召。可是周朝的国库亏空,根本拿不出那么多的军费,该怎么办呢?

周赧王想了一个主意,他向国内有钱的商人、地主借钱,并派专人立下字据,承诺打胜

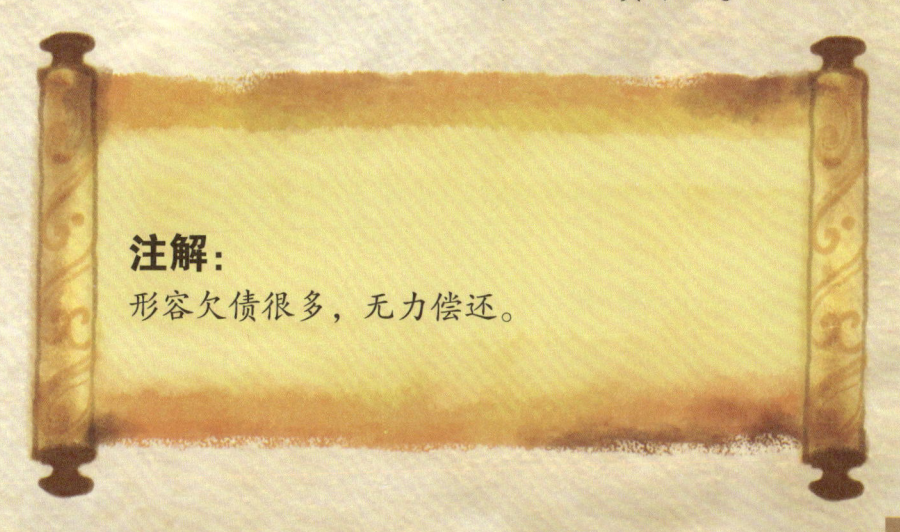

仗回来时会加倍偿还。

但没想到的是，当周军到了指定的地点时，却发现只有燕、楚两国的军队。眼巴巴地等了三个月，周赧王好不容易借来的军费都花光了，周军只好撤走了。

结果，周军无功而返，那些债权人就拿着欠条，整天在周赧王的王宫门前吵闹讨债。周赧王没钱还债，又不胜其烦，干脆就在一座高台上躲了起来。于是，人们便把这座高台称作"避债台"。

注解：
形容欠债很多，无力偿还。

班门弄斧

传说春秋战国时期,鲁国有一位叫公输般的能工巧匠。在鲁国,"般"和"班"同音,所以大家都称他为"鲁班"。鲁班心灵手巧,发明了锯、刨、钻等工具,修建了许多著名的宫殿和桥梁,后世的工匠都尊称他为"祖师"。

到了明朝,有个叫梅之涣的文人来到采石江边游览。沿江走去时,梅之涣看见唐朝大诗人李白的墓前被人题了好多诗句,但看来看去都没有一句高

94

明的。他不由得又好气又好笑，索性也写了一首："采石江边一堆土，李白诗名耀千古。来的去的写两行，鲁班门前弄大斧。"他用这首诗来讽刺那些在李白面前炫耀诗才的人，就好像在鲁班门前舞弄大斧一样自不量力。

注解：
在鲁班门前舞弄斧头。比喻在行家面前卖弄本领，自不量力。

捉 zhuō　襟 jīn　见 jiàn　肘 zhǒu

春秋时期,孔子有一名弟子叫曾参,他在卫国过着非常艰苦的生活。曾参穿的是用破麻布做的袍子,分不清表里;吃的是别人不要的食物,由于营养不良,脸都浮肿了。曾参经常一连三天都无米下炊,整整十年都没有穿过一件新衣服。他的帽子破烂不堪,以致风一吹,系帽子的绳带就断了;一拉衣襟,就露出了瘦骨嶙峋的手臂;一走路,鞋后跟就裂开了。

96

尽管如此贫穷，曾参却生活得快乐而又充实。人们时常看见他趿拉着破鞋，高唱着《商颂》在街上漫步，那洪亮的声音响彻云霄，就好像是敲打金石一样美妙动听。

因此，庄子评价他说："专注于培养心智的人会忘掉形体；专注于养身的人会忘记名利；而致力于大道的人会抛却心机。"

注解：

襟：古代衣服的前幅。见：露出。

一拉衣襟就露出臂肘，形容非常穷困。也比喻困难重重，穷于应付。

乘风破浪

宗悫是南北朝时期的南阳涅阳人，从小就有远大的抱负。他的叔叔曾问他的志向是什么，他望着远方，坚定地说："愿乘长风，破万里浪！"

宗悫从少年时就开始练武了。有一次，他的哥哥结婚，突然一伙强盗闯进来抢劫，十四岁的宗悫挺身而出，他高强的武艺把强盗都吓跑了。

青年时，宗悫参加了讨伐林邑王的战斗。他足智多谋，用假狮子破了敌人的象阵，使宋军大获全胜。后来，他又奉命去平定竟陵王刘诞的叛乱，叛军一看见是宗悫出阵，还没开战就土崩瓦解了。

宗悫屡立战功，不仅名声大震，而且还被晋升为左卫将军，封为"洮阳侯"。他胸怀大志，那种努力奋斗的精神一直被后人传为佳话。

注解：
比喻人的志向远大、气魄宏伟，能克服困难勇往直前。

助纣为虐

秦朝末年，刘邦领导的起义军攻破秦国，秦朝灭亡。秦王子婴为了活命，故意在刘邦面前穿着丧服，颈上绑好缎带，装出一副准备自杀的样子。刘邦见他可怜，就放了他一条生路，自己直奔都城咸阳去了。

到了秦王的宫殿，刘邦感到非常惊讶，因为宫殿里的陈设极其奢华——金银财宝堆积如山，还有无数的艺人、王妃……刘邦看着都不想走了，还准备在这儿好好享受一番。

这时，张良劝阻刘邦说："万万不可！秦王昏庸无道才招致灭国，我们现在灭掉秦国是在替天行道，为百姓出气。而您现在却想在这里吃喝玩乐，这不是在助纣为虐吗？要是天下的老百姓知道了，对您该有多失望啊！我劝您还是趁早放弃这想法吧！"

注解：
帮助纣王施虐。形容帮助坏人做坏事。

嗟来之食

战国时期，有一年齐国遭遇了一场罕见的饥荒，饿死了许多人。齐国有一个叫黔敖的富人，心地非常善良，他实在不忍心看着这么多人活活饿死，于是就在路边摆了个摊子，放上包子、馒头、粥等食物分发给过路的穷人。

中午的时候，一个灾民摇摇晃晃地走了过来。他用袖子遮住脸，不断地呻吟着，看样子非常痛苦。黔敖看到此景，想都没想，赶紧拿起一个包子冲他喊道："嗟，过来吃东西呀！"

这个灾民停住了脚步，瞪着黔敖说："你以为我饿成这样就会忍受你的侮辱，接受施舍吗？你错了！就算是饿死，我也不会吃你的东西！"

黔敖这才意识到自己的语气不当，以致让对方误会了，便急忙向这个灾民道歉。可这个灾民怎么也不肯吃，最后活活饿死在路边。

注解：

嗟：不礼貌的招呼声。

指带有侮辱性的施舍。

退避三舍

春秋时期，晋献公听信谗言杀了太子申生，又派人捉拿申生的异母兄长重耳。

重耳为了躲避这场灾难逃到了楚国，楚成王用隆重的礼节招待了他，两人成了好朋友。

有一天，楚成王问重耳："如果你将来当了晋国的国君，会怎样报答我呀？"重耳说："你身为一国之君，男女奴隶、金银财宝多得很，我真不知道该给你什么好哇！"楚成王又说："你再好好想一想！"重耳沉思了一会儿，认真地说："如果我真能回到晋国，万不得已和你打仗，我愿退避三舍来报答你对我的恩情！"

后来，重耳果然做了晋国的国君，即晋文公，晋国在他的治理下日益强大。不久，晋国为了帮助宋国而跟楚国打起了仗。当两军相遇时，重耳履行了自己当日的诺言，命令全军后退了九十里。

注解：

三舍：九十里，古时三十里为一舍。
比喻退让和回避。

乐不思蜀

三国末期，魏国大将邓艾奉命伐蜀。魏国大军很快就攻克了绵竹，直逼成都。蜀汉后主刘禅惊慌失措，没多久就率百官投降了。

刘禅被带到了魏都洛阳，晋王司马昭封他为"安乐公"，赐给他豪宅一座、绸缎百匹、奴婢百人。

一天，司马昭设宴款待刘禅，故意在宴席上叫人表演蜀汉的地方歌舞。蜀国的旧臣们个个看得泪流满面，只有刘禅一人嘻笑自若。

司马昭看到此景，便低声对大臣贾充说："刘禅糊涂到了这个地步，我看即使诸葛亮还活着，也无法帮他把国家保住了。"过了一会儿，司马昭又问刘禅："你还想念蜀国吗？"刘禅高兴地说："在这里很快乐，我不思念蜀国！"

注解：

乐：快乐。蜀：三国时期的蜀汉。
比喻乐而忘本或乐而忘返。

狡兔三窟

战国时期，齐国的孟尝君派门客冯谖去薛地催债。可冯谖不但没有把债收回来，反而自作主张，把薛地老百姓欠孟尝君的债全都免了。孟尝君知道后非常生气，但也无可奈何了。

没过几年，孟尝君被贬回了薛地，薛地的老百姓都纷纷出来夹道欢迎他。这时，孟尝君才明白了冯谖的用意，对他又钦佩又感激。冯谖说："狡猾的兔子为保命都要挖三个洞，便于在危急时逃脱。而您现在只有一个洞，还不能高枕无忧，请让我再为您凿两个吧！"

后来，冯谖又想方设法为孟尝君办成了两件大事。事后，他对孟尝君说："现在您已经有了三个落脚之地，以后遇到大难也有退路了。"果然，尽管后来孟尝君的仕途坎坷多变，但总能逢凶化吉、转危为安。

注解：

窟：洞穴、窝。

形容居安思危，做事留有余地。也用来比喻为人狡猾、诡计多端，布下了多道防线。

两袖清风

于谦是明朝钱塘江人,他二十四岁就考中了进士,不久后做了监察御史。他同情人民的疾苦,上任后为百姓做了不少实事。明宣宗非常赏识于谦的才干,先后任命他为江西、河南、山西等省的巡抚。

尽管身居要位,于谦的衣食住行都非常俭朴。

当时,明宣宗还是个孩子,大权掌握在宦官王振的手里。王振明目张胆地贪污受贿,还要外省官员在进京时向他献纳珠宝。

一次，于谦要入京办事，他的手下建议他带些蘑菇等土特产给王振，以联络感情。谁料于谦只哈哈大笑，随手写了一首诗表明自己的一身正气："绢帕蘑菇与线香，本资民用反为殃。两袖清风朝天去，免得闾阎话短长。"

注解：

闾阎：民间。

赞誉官吏廉洁，除了两袖清风外别无所有。

南柯一梦

从前,在广陵地区住着一个叫淳于棼的人,在他家的北边,有一棵枝繁叶茂的老槐树。

有一天,淳于棼和一些朋友喝酒喝醉了,就倒在老槐树下睡着了。在梦中,他来到了一个名叫大槐安国的地方,正巧赶上了当地的官员选拔考试。淳于棼在考试中发挥十分出色,考取了第一名,还被国王招为驸马,派到南柯郡为南柯太守。

淳于棼一下子就富贵起来了。他在大槐安国当了三十年的官。因为政绩突出，淳于棼很受百姓们的拥戴，国王也很器重他。他膝下有五子二女，家庭非常美满幸福。有一年，檀萝国入侵，淳于棼受命领兵出征，结果却打败了。回国后，他的妻子过世了，国王一怒之下就把他赶出了宫。

淳于棼不由得羞愤难当，大叫一声从梦中惊醒了过来。后来，他看见老槐树下有个大蚂蚁洞，这才明白过来——梦中的大槐安国原来就是这个蚂蚁洞啊！

注解：

南柯：南面的大树枝。

现在多用来比喻一场空欢喜或者幻想。

余音绕梁

战国的时候，韩国有一位著名的歌唱家名叫韩娥，她不但歌声婉转，而且美丽动人。

有一次，韩娥要去齐国，可当她走到临淄时却发现随身带的干粮吃完了，钱也花光了。无奈之下，韩娥只好到临淄的西城门靠卖唱来维持生活。

韩娥的歌声好像百灵鸟一样动听,只要她一张口,优美的歌声就立刻吸引大批人驻足聆听。而最神奇的是,大家都会很快入神,甚至在韩娥唱完走后很久,他们都还沉浸在那美妙的歌声里。那歌声仿佛仍在屋梁间盘旋荡漾一样,三天三夜都不会消失呢!

注解:
歌唱完以后,声音还围绕着屋梁回荡。形容音乐美妙动听、耐人回味。

后来居上

汉武帝时，朝中有三位有名的臣子，分别叫作汲黯、公孙弘和张汤。汲黯的能力不如公孙弘、张汤，可他又偏偏心胸狭窄，眼看那两位过去远在自己之下的小官都已官居高位，心里很不服气。

有一天退朝后，汲黯赶紧上前对汉武帝说："皇上，您见过农人堆积柴草吗？他们总是把先搬来的柴草铺在底层，后搬来的放在上面，您不觉得那些先搬来的柴草太委屈了吗？"汉武帝感到莫名其妙，不解地问："你是什么意思呢？"

"您看，公孙弘、张汤这些小官论资历论基础都在我之后，可现在他们却一个个后来居上，职位都比我高多了。"汲黯说，"皇上，您提拔官吏不是正和那堆放柴草的农人一样吗？"

汉武帝本想贬斥汲黯，可又想到汲黯是位老臣，便只好压住火气，什么也没说便拂袖而去。此后，汉武帝对汲黯更是置之不理，汲黯的官位也只好原地踏步了。

注解：
形容晚辈或者后来的人更好、更强。

117

相 煎 何 急

曹植是曹操的儿子,他才思敏捷,在文学上有很高的成就,是建安时期著名的诗人之一。

后来,曹植的兄长曹丕当了皇帝。他妒忌才华横溢的曹植,担心皇位被抢走,于是千方百计想要害死曹植。曹丕想到了一个办法,他召曹植进宫,限令曹植在七步的时间内作出一首诗来,否则就要杀了他。

曹植心中悲愤万分,他昂起头,沉重地吟诵道:

"煮豆燃豆萁（豆秸），豆在釜（炊具）中泣。本是同根生，相煎何太急？"这首诗刚好在七步之内完成，而且曹植巧妙地用"煮豆燃豆萁"来比喻曹丕残杀自家兄弟。

曹丕听完后感到非常惭愧，他回想起往日的兄弟之情，最终决定把曹植贬为安乡侯，放他一条生路。但曹丕对曹植仍存戒心，一直没有起用他，因此曹植建功立业的抱负到死都没有实现。

注解：
比喻内部不和或骨肉自相残害。

乐此不疲

公元25年,刘秀建立了东汉政权,成为了历史上有名的光武帝。

刘秀非常尽职尽责,特别重视文教事业。白天,天没亮他就上朝处理政事,到了晚上则批阅奏章,或召集公卿大臣谈论政事。他经常废寝忘食,很少有时间休息。

太子见他如此操劳,非常担心他的身体,就劝他说:"父皇像禹、汤那样圣明,却不如黄

帝和老子那样会养生健体。我们都希望您能劳逸结合，不要累坏了身子！"刘秀却笑着说："孩儿啊，你不知道，为父很喜欢做这些事情，这对于我来说是一种享受，怎么会感到疲倦呢？我现在责任重大，如果做事情马虎了事，怎对得起天下人对我的信任和支持呢？所以我必须一丝不苟，这样才能保证不犯错误啊！"

刘秀的勤劳务实没有白费，在他执政期间，东汉的社会经济得到了一定的恢复，国力也越来越强了。

注解：
比喻在做自己喜欢的事情的时候，即使是很辛苦也不会觉得疲倦。

画地为牢

西汉时期，司马迁因为在向汉武帝进谏时说了真话而被捕入狱，还遭受了宫刑这种奇耻大辱。即便如此，司马迁依然没有放弃自己的理想，他在给朋友任少卿的信中悲愤地写道："为什么就连身为百兽之王的老虎在被困于笼内时，都得低头摇尾乞求？那是因为它的威风被压制住了。对读书人来说，就算是在地上画一个牢房，用木头做个狱卒，他也不愿意进去呀！他宁愿死也不愿接受这样的刑罚！我今天之所以还在忍受这种耻辱而没有自尽，实在是不甘心一辈子就这样一事无成啊！我正抓紧时间搜集资料，准备编写一部史书留给后世。我今日忍受这些耻辱，都是为了这个缘故啊！"

后来，司马迁忍辱负重，终于写成了一部流芳百世的鸿篇巨制——《史记》。

注解：
在地上画一个圆圈当作牢狱。比喻只允许在规定的范围内活动。

死灰复燃

西汉时期，梁孝王刘武手下有一个名叫韩安国的官员，他很有办事能力，深得梁孝王的信任。

一次，韩安国获罪被关进了监狱，梁孝王想方设法也未能使他获释。监狱里有一个很势利的狱吏叫田甲，他以为韩安国再无翻身之日，便常常出言侮辱他。韩安国气愤地说："难道死灰就不能重新燃烧起来吗？"田甲只是嘿嘿一笑，不屑地说："烧吧！如果能烧起来，我就撒泡尿浇熄它！"

不久后,韩安国获释,还官复原职。田甲得知这个消息后,吓得连夜逃走了。于是韩安国故意扬言说:"要是田甲不回来,我就杀了他全家!"田甲十分无奈,只好回来了。

这时,韩安国笑着讽刺田甲说:"死灰复燃了,你撒尿吧!"田甲吓得面无人色,连连磕头求饶。韩安国最终还是饶了田甲,放他走了。

注解:
死灰:燃烧后余下的灰烬。
比喻失势的人重新得势。现多用来比喻被消灭的恶势力或坏思想又重新活跃起来。

门可罗雀

汉朝时有个叫翟公的人，是当朝的廷尉。翟公手中掌握了很大的权力，势力非常强大，正因如此，拜访他的人非常多。他家里总是宾客满座，川流不息的人群都快把他家的大门挤破了。

后来，翟公因故被罢了官，手中的权力没有了，那些常来拜访的宾客马上就变了态度，都不再上门了。一时间，他家的门庭就冷清了很多，不到一个月

就几乎没有人来了。门口的鸟雀成群结队,简直可以张网捕捉了。在感叹世态炎凉之余,翟公在自家门上作了一首诗,其中有两句是这样的:"一贵一贱,交情乃现。"

注解:
罗雀:用网捕雀。
大门前可以张网捕捉鸟雀。形容门庭冷落,宾客稀少。

鸠占鹊巢

春秋时期，女子因为地位低下而没有接受教育的机会，她们大多无法独自谋生，唯一的出路就是嫁人，住在夫家享受现成的一切。正因如此，《诗经》里就用一种名叫鸠的鸟儿来形容这些女子。

自然界里的绝大部分鸟儿都有一种共同的本领，那就是都能够凭自己的力量，衔来泥或草之类的筑巢材料，一点一点地搭成一个鸟巢。虽然这是一项艰苦的工作，但为了有一个既安全又能遮风挡雨的家，鸟儿们都会不辞劳苦地去搭建。

但鸠却是一个例外，这种鸟儿通常不会自己筑巢，它只会凭着自己的体形和力气比其他鸟类大，强行把其他鸟儿赶走，强占它们已经筑好的巢。因此，《诗经》里这样形容："维鹊有巢，维鸠居之。"

注解：
形容某些人没有真才实学，只会凭借势力或手段夺占别人的位置或权力。

车水马龙

李煜是南唐的最后一个皇帝，也是我国历史上著名的文学家和书法家。

那时，南唐的都城在金陵，李煜面临着艰难的困境：一方面，宋朝不断施以武力迫使南唐投降；另一方面，南唐的国库亏空，支撑不了多长时间。没过多久，宋朝就接二连三地派使者来到金陵，要李煜马上投降，可都被李煜坚决拒绝了。

最后，宋朝使用强硬的武力拿下了金陵，李煜便成了宋太祖的阶下囚。

李煜是一个具有浪漫气质的诗人，他在暗无天日的狱中感到无比的苦闷和彷徨，精神到了即将崩溃的边缘。过往的皇宫生活不断地萦绕在他的脑海中，使他久久无法忘怀。于是，他一挥而就，写下了这首著名的《望江南》："多少恨，昨夜梦魂中。还似旧时游上苑，车如流水马如龙，花月正春风。"

注解：

车像流水，马像游龙。形容来来往往的车和人极多。

打草惊蛇

五代十国时,南唐有个叫王鲁的人,他在当涂做县令。王鲁贪得无厌,专干敲诈勒索、收受贿赂的勾当。

有一天,王鲁正在衙门里审案子,忽然门外拥进了一群百姓,他们联名递状控告他们的主簿,并极力要求依法严办。王鲁接过状子,只见上面列举了好多条控告那个主簿营私舞弊、贪赃枉法的罪状。碰巧的是,状子上所列的罪状竟然和王鲁平

日的所作所为一模一样。王鲁一边看，一边打寒战，他觉得简直就是在告自己一样。想着想着，他都不知该如何处理了。

最后，王鲁不由自主地在状子上批道："汝虽打草，吾已蛇惊！"写罢，他手一松，瘫坐在椅子上，笔也掉到了地上。从那以后，王鲁时时刻刻警惕着，再也不敢胡作非为了。

注解：
打在草上却惊动了蛇。比喻做事时无意中走露了风声，使对方有了警觉。

外强中干

公元前645年,秦穆公亲自率领大军攻打晋国。三战三捷,秦军很快就打到了晋国的韩原。

大敌当前,晋惠公整顿军队,准备亲自带领军队抵抗。大臣庆郑见晋惠公的战车上套的是郑国出产的高头大马,连忙上前劝阻说:"大王,打仗要用本国的马才好呢!它既熟悉道路,又听从使唤,而郑国出产的马外强中干、临阵胆怯,根本无法驾驭呀!"可晋惠公根本不听劝告,上了战车后便头也不回地走了。

成语故事·哲理篇

晋军刚到韩原就和秦军在野外打了起来。果然，郑国马一看见这混乱的厮杀场面就乱了阵脚，它们惊慌四窜，还把战车拉进了泥坑里。结果，晋军进退不得，被秦军轻易地打败了。晋惠公刚愎自用，最后也成了秦军的阶下囚。

注解：
干：虚弱。
比喻外表强大，内里虚弱。

狼狈为奸

狼和狈是两种外形十分相似的野兽，狼的前腿长、后腿短，而狈恰好相反，它的前腿短、后腿长。它们经常结伴出去偷吃家畜，对人类造成很大的危害。

有一次，一只狼和一只狈打算偷小羊来吃，它们来到了一个羊圈外面。可是，羊圈建得又高又坚固，狼和狈既跳不过去，也撞不开门，该怎么办呢？

最后，它们想出了一个办法：狈先趴在羊圈外面，用两条长长的后腿站立起来；狼则骑在狈的身上，用前腿攀住羊圈，把羊叼走。

在这样一番紧密配合下，狼和狈利用彼此的长处，成功地从羊圈里偷走了小羊。

注解：
比喻相互勾结在一起做坏事。

雕虫小技

唐朝的时候，有一个叫韩朝宗的人，他曾经做过荆州刺史，在朝廷很有威信。

在任职期间，韩朝宗非常乐意帮助那些有才华的年轻人，他总是积极地向上级推荐人才，帮助了不少年轻人获得理想的职位。因此，当时社会上的人都非常敬慕他，就连大名鼎鼎的大诗人李白也曾写过信给他。

那时，李白流落到楚汉一带，生活非常艰难。他觉得自己的满腹才华和抱负得不到施展，

成语故事·哲理篇

心情十分低落，于是整日借酒消愁。后来，李白得知韩朝宗在本地任刺史，便试着提笔写了一封信给韩朝宗，请求他帮自己找一个写作方面的职位。

李白在信的末尾这样形容自己的才能："恐雕虫小技，不合大人。"

但这句自谦的话并不能掩盖李白的诗才，没过多久，韩朝宗果真就给他找了一个合适的职位，让他充分发挥了自己的才能。

注解：
雕：雕刻。虫：鸟虫书，古代的一种字体。形容微不足道的技能。

139

画虎类狗

东汉时期,名将马援曾为国家立下了不少战功,被光武帝封为"伏波将军"。

有一次,马援出征在外,他听说他的两个侄子喜欢结交侠客、议论是非,很不放心,于是亲自动手写了一封信给那两个侄子。

信中写道:"我希望你们能多听听有关谈及他人过失的言论。龙伯是一个品行端正的人,你们可以多向他学习；杜季良为人豪爽，有大侠风范，可我却不想你们学他。因为即使学龙伯不成，也还可以成为一个谨慎的人。这就好比要刻一只雕，却刻出了一只鹰来，这还是相似的鸟儿。但要是学杜季良不成功，就会变成轻浮浪荡的人。这就好比要画老虎，却画成了狗，这根本就是两种本质相差极远的东西。我说的这些话，你们一定要牢牢记在心上啊！"

注解：
比喻模仿的效果不好，弄得不伦不类。

望尘莫及

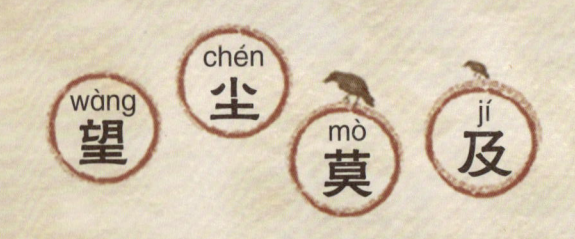

南北朝时期，有一个名叫吴庆之的人，他很有才华，早年曾在扬州辅佐过扬州太守王义恭。后来，王义恭因为得罪了朝廷，被判罪处死；吴庆之也看破了官场，辞官回家乡隐居去了。

没过多久，吴兴太守王琨得知了吴庆之的贤名，便想请他重新出山。

王琨毕恭毕敬地来到吴庆之的家里，诚恳地请他考虑一下。吴庆之笑着说："我对官场的事务一窍不通。这无异于让鸟儿游泳、让鱼儿飞翔啊！当时是因为王义恭是我的朋友，我才奔走了一段时间。我看你还是请回吧，其他的话我也不多说了！"说完，他连看都没看王琨一眼，就径直走了出去。

王琨连忙起来追赶，可是吴庆之大步流星，哪里还追得上呀！王琨只见前面扬起了一阵尘土，转眼就不见吴庆之的人影了。

注解：
莫：不能。及：赶上。
只看见扬起的尘土，无法追赶得上。比喻在某些方面无法赶上别人，远远落后。

夜郎自大

汉朝时期,夜郎是我国西南地区少数民族的一个部落,它的首领名叫多月,自称"夜郎侯"。

夜郎地处偏远山区,交通非常不便,百姓们很少有机会接触到别的国家。夜郎侯见附近的部落都很小,便自大地认为夜郎是天下最大的国家。

有一次,汉武帝派使者出使夜郎,夜郎侯竟然不屑地问汉使者:"汉朝和夜郎哪个国家大呀?"汉使者吓了一大跳,他没想到这个小国家竟然无知到了这

个地步。他笑了笑，回答说："汉朝有几十个州郡，而夜郎还没有汉朝的一个州郡大呢！"

夜郎侯吃惊得目瞪口呆，他又羞又恼，马上低下了头。从那以后，他再也不敢向任何人夸耀夜郎是天底下最大的国家了。

注解：
比喻人孤陋寡闻，却自以为了不起。

自食其果

宋朝时期，有位叫丘浚的大官，一天，他微服去拜访当地的一位和尚。那和尚见丘浚的打扮不像是做官的，于是就对他不理不睬，态度非常不礼貌。

正在这时，门外来了位高级军官的儿子。和尚见他的穿着打扮非常气派，便立刻满脸笑容、毕恭毕敬地走上前去招待。

丘浚看到这一幕很生气，等军官的儿子离开后，他便愤怒地质问和尚："你为什么对我如此无理，对他又那么客气呢？"

和尚的口才很好，他圆滑地解释说："你误会了！我只是表面上对他客气而已，内心并没有这样想。反之，要是内心对他客气的，就没必要表面客气了。"

丘浚知道这和尚分明是在狡辩，手中又刚好有一根拐杖，一怒之下便举起拐杖，向和尚的头打去。他一边打，一边解气地说："照你的逻辑，打你就是爱你，不打你就是恨你，那我就只好打你了。"和尚自知理亏，想喊痛都不敢了。

注解：
指做了坏事，自己受到损害或惩罚。

得陇望蜀

岑彭是西汉末年棘阳人，当刘秀领兵攻克棘阳时，他就加入到了刘秀的部队里。

岑彭很有军事天赋，而且深谋远虑，很受刘秀的器重。刘秀控制了东部地区后，就封岑彭为大将军，让他率领大军一起向西进发。

当时，占领西部地区的是隗嚣的军队。隗嚣曾经投降于刘秀，但又不甘心屈居刘秀之下，就与盘踞在蜀地的公孙述一起，公开背叛了刘秀。刘秀这次西进的目的就是要平定陇、蜀两

地，完成统一天下的大业。

很快，刘秀的大军就把隗嚣的城池包围住了。刘秀见胜券在握，便把平定陇、蜀的任务交给了岑彭，自己先回洛阳了。回到洛阳后，刘秀担心岑彭不积极进攻，于是就下了一道诏书给他，里面写道："人都是不知足的，既已平定了陇地，还要想着得到蜀地呀！"

后来，岑彭果然没有辜负刘秀的期望，不久便成功平定了蜀地。

注解：
陇：甘肃一带。蜀：四川一带。
已得到陇地，还要攻取西蜀。比喻贪心、不满足。

149

不识时务

东汉的汉献帝时期，政权控制在大臣手里，汉室面临着灭亡的危机。刘备作为皇室的子孙，很想找机会重振汉王朝。经过了长时间的努力，刘备始终找不到一个理想的根据地。

一天，刘备特意去拜访隐士司马徽，对他诉说了自己的烦恼。司马徽说："您一直找不到根据地，是因为没有得到合适的人扶助呀！"刘备非常不解，连

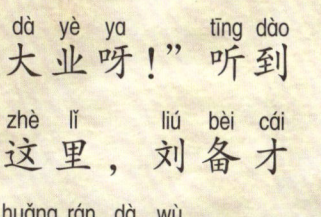

忙说出几个身边有才能的人的名字，其中就包括糜竺、简雍二人。

司马徽摇着扇子说道："糜、简二人的确很有潜力，可惜都是没有经验的人。他们不谙世事，不懂得变通。你要找到识时务之人才能助你成就大业呀！"听到这里，刘备才恍然大悟。

注解：

时务：当前的形势和潮流。

比喻不谙世事、不知变通或待人接物不知趣。

口蜜腹剑

李林甫是唐玄宗李隆基的宰相之一，他很有才华，却心肠歹毒，经常一面讨好唐玄宗和宫中的妃子，一面陷害忠良的贤臣。

平时与人打交道，李林甫总是面带笑容、和蔼可亲；有人求他办事，他也总是满口答应。但一转身，他却出坏主意害人，设圈套让人钻。

有一次，他故意对一位大臣说："华山蕴藏着大量的黄金，开采出来的话可以大大增强国力。"这位大臣不知是计，便向唐玄宗建议

开采华山的金矿。唐玄宗事后征求李林甫的意见，李林甫却说道："皇上，万万不可啊！华山是帝王的风水宝地，怎么能随便开采呢？这个人一定别有用心，皇上要小心哪！"

后来，大家都认清了他这种伪善的面目，就说他是"口有蜜，腹有剑"。

注解：
形容人表里不一，嘴上说得好听，但却在暗地里使坏。

朝三暮四

古时候有一位非常喜欢猴子的老人，他的家里养了一大群猴子。猴子们整天跟在老人身后转悠，时间一久，老人竟然能和猴子沟通讲话了。

老人的家里并不富裕，可猴子们却很能吃，每天都要消耗掉很多粮食。善良的老人宁愿自己勒紧裤腰带，也不忍心让猴子们挨饿。就这样，斗里的吃完了就吃瓮里的；瓮里的吃完了就吃罐里的……眼看家里的米缸都快底朝天了，这可怎么办呢？

老人没有办法，只好和猴子们商量减少食量。他对猴子们说道："从今天开始，每天早上给你们三颗栗子，晚上给四颗，怎么样

成语故事·哲理篇

啊？"猴子们一听到早上只有三颗栗子，顿时气得吱吱乱叫。老人又说："好了，别吵啦！那就每天早上喂你们四颗，晚上三颗，这下没问题了吧？"猴子们一听早上增加了一颗栗子，好开心哪，手舞足蹈地蹦个不停。

其实，栗子的数量并没有变化，老人只不过是顺应了猴子们的心理罢了。

注解：
原指用一些小手段进行欺骗。现比喻办事反复无常，经常变化。

155

各自为政

春秋时期，郑国出兵攻打宋国，宋国派出大将华元率兵迎战。

大战前的一个晚上，华元为了鼓舞士气，特意杀羊来犒劳三军将士。在分发羊肉的时候，华元竟一时疏忽，忘记给为他驾车的羊斟发了。结果，没有吃到羊肉的羊斟就对华元怀恨在心。

第二天，郑宋两军正式交锋。正当双方激烈

交战的时候,羊斟突然转过头来,瞪着战车上的华元恶狠狠地说:"打仗前分羊肉,给不给谁是你说了算;可现在打起仗来,战车的进退和行驶的方向却由我说了算!"话音刚落,他就把战车开进了郑军的队伍里。结果,华元轻易地被郑军俘虏了,而宋军群龙无首,没多久就战败了。

注解:

为政:管理政事,泛指行事。

形容各人按照自己的主张办事,不互相配合。